# ÉPITRE

## A

# M. GRÉGOIRE,

ANCIEN ÉVÊQUE DE BLOIS.

DE L'IMPRIMERIE DE PLASSAN, RUE DE VAUGIRARD, N° 15,

DERRIÈRE L'ODÉON.

# ÉPITRE

## A

# M. GRÉGOIRE,

### ANCIEN ÉVÊQUE DE BLOIS.

### PAR AUDIGUIER.

## A PARIS,

Chez DELAUNAY, Libraire, Palais-Royal, galerie de bois;
MONGIE, Libraire, boulevart Poissonnière, n° 18;
DELEVOYE, rue d'Enfer-Saint-Michel, n° 2.

NOVEMBRE 1820.

# ÉPITRE

## A

# M. GRÉGOIRE,

ANCIEN ÉVÊQUE DE BLOIS.

---

Vertueux citoyen, philanthrope honorable,
Qui, depuis si long-temps, d'un zèle infatigable,
Contre tous les tyrans soutiens avec fierté
Les lois de la nature et de l'humanité,
Grégoire, ils ne sont plus ces temps chers à la France,
Lorsque la Liberté, combattant la puissance,
Interprétant les vœux des peuples asservis,
Et discutant leurs droits, méconnus ou ravis,
Savait dans ses discours, dépouillés d'artifice,
Unir la dignité, la raison, la justice.
Ce langage est éteint : le cri des factions
Retentit dans l'enceinte où siégent nos Solons,
Dans cette même enceinte où ta voix magnanime
Eût encore plaidé pour tous ceux qu'on opprime,
Si de ces factions les coupables suppôts
N'eussent de l'arbitraire appuyé leurs complots,

Pour t'écarter du poste où, d'un libre suffrage,
L'Isère avait placé ton utile courage.

Philosophe et chrétien, tu leur as pardonné.
Mais, de cet attentat justement étonné,
Tu demandes comment il est permis d'enfreindre
Les lois, qu'on doit aimer, ou du moins qu'il faut craindre?
Comment ils ont osé calomnier en toi
Un peuple dont l'honneur est la première loi ?
Quel est le but, enfin, de cette ligue impie,
Depuis douze cents ans fatale à la patrie?

Écoute : tu connais ces hommes ténébreux,
Leurs regrets insensés, leurs sacriléges vœux,
Et leur haine, toujours unie au fanatisme,
Contre tout citoyen dont le patriotisme
Poursuivit autrefois d'exécrables abus,
Des pouvoirs usurpés, et des lois sans vertus.
Tu sais que la vengeance est fille de la haine:
C'est elle qui guidait leur démarche incertaine,
Lorsque, de cour en cour, humiliant leurs fronts,
Ils cherchaient des vengeurs, et trouvaient des affronts;
C'est elle qui, toujours implacable ennemie,
Noircit de son venin l'histoire de ta vie;
C'est elle qui, naguère, exhalant ses fureurs,

## A M. GRÉGOIRE.

Au mépris de la Charte et de tes électeurs
A lancé contre toi l'insolent anathème,
Qui, dans l'opinion, n'a flétri qu'elle-même.
Ils t'ont voulu punir d'aimer la liberté !
Et même ils ont tremblé qu'assis à leur côté,
Les traits qu'auraient lancés tes discours intrépides
Ne rompissent le fil de leurs trames perfides.
Ce n'est pas le talent qu'ils redoutaient en toi :
Le talent peut se vendre, ou se taire d'effroi ;
Mais ils craignent surtout ces âmes bien trempées
Qui, jamais de stupeur ni de crainte frappées,
Quand le peuple souffrant implore leur appui,
N'embrassent que sa cause, et ne servent que lui :
Et toi, que rien n'émeut, ni faveur, ni disgrâce ;
Toi, de qui l'énergie étonne leur audace ;
Toi, qui du patriote es le type vivant,
Juge s'ils te craignaient, même en te proscrivant !

Ah ! de la liberté quand la naissante aurore
Vint briller à nos yeux, qui l'ignoraient encore,
Tu vis, dans les vapeurs de l'horizon lointain,
D'orages éternels le présage certain,
Et dans tout l'avenir ta tête menacée.
Tu pouvais te sauver ; la route était tracée :
Il fallait imiter ces tartufes du jour,

Qui flagornent le peuple, ou rampent à la cour,

Arborent le bonnet, ou portent la livrée,

Selon que du pouvoir l'idole en est parée;

Qui savent, des partis calculant les efforts,

Les servir sans pudeur, les trahir sans remords,

Et perdent la patrie, au lieu de la défendre,

Dès que de l'intérêt la voix se fait entendre.

Rien ne put ébranler tes vœux indépendans.

Tu parus au milieu de nos représentans,

Et de cette assemblée, à jamais imposante,

Tu suivis noblement la marche triomphante.

Législateur profond, tu voulus à la fois

Proclamer nos devoirs aussi-bien que nos droits,

Et, fondant dans le ciel ton sublime système,

Déclarer que ces droits émanent de Dieu même. [1]

Ainsi, tu rapprochais de la Divinité

Ce peuple, qu'on outrage avec impunité;

Ce peuple, qui pouvait, au jour de sa colère,

Venger son esclavage et sa longue misère,

Et qui, d'un noble exemple instruisant l'univers,

Sans punir ses tyrans avait brisé ses fers.

---

[1] M. Grégoire soutint dans l'assemblée constituante, qu'en mettant à la tête de la constitution une déclaration des droits de l'homme, il fallait y joindre aussi celle des devoirs; et lors de la discussion sur les droits de l'homme, il proposa de décréter qu'ils émanent de Dieu.

Heureux si la sagesse autant que le courage,
Assurant à la fois son nouvel apanage,
L'eussent mis à l'abri des injures du temps!
Tel fut d'abord le vœu de ses représentans:
Mais en vain, par des lois en naissant condamnées,
Avaient-ils prétendu fixer nos destinées;
Ils s'étaient abusés d'un chimérique espoir:
A peine ils abdiquaient leur auguste pouvoir,
Et du char de l'état abandonnaient les rênes,
Que déjà le torrent des passions humaines
Menaçait d'engloutir, dans ses débordemens,
Un empire élevé sur des sables mouvans.
Quels terribles excès faut-il que je rappelle,
Moi qui, de ma patrie admirateur fidelle,
Voudrais que, pour sa gloire, aux siècles à venir,
On prît soin de cacher ce honteux souvenir!
Mais, en les rappelant, cette même patrie
Exige avec raison que je te justifie,
Que de tes ennemis je confonde la voix,
Et que, de tes vertus faisant ici le choix,
Je retrace à leurs yeux celles que ton courage
Déploya, sans pâlir, dans ces momens d'orage
Où par les factions l'état bouleversé,
Des plus affreux malheurs se voyait menacé.
Quelle époque! la France, au dehors si puissante,

N'était plus, au dedans, qu'une arène sanglante,
Où, sans respect des lois ni de la nation,
Les partis, échauffés par leur ambition,
S'attaquaient à la fois, s'acharnaient à la lutte,
Et de la liberté précipitaient la chute.
Tels les feux souterrains grondent dans les volcans:
Du mont qui les enferme ils tourmentent les flancs;
De leurs antres profonds envahissant l'espace,
Ils soulèvent leur poids, ils ébranlent leur masse,
Entr'ouvrent le rocher par un dernier effort,
Et vomissent au loin l'épouvante et la mort.
La mort! c'est le fléau qui causait tes alarmes!
Tu voulus, attentif à prévenir nos larmes,
Bannir ce mot fatal du livre de nos lois,
Dérober au trépas le plus juste des rois,
Et détourner les coups de ces longues tempêtes
Qui déjà s'apprêtaient à fondre sur nos têtes.
Tu criais aux bourreaux d'un roi découronné,
D'épargner de ses jours le reste infortuné:
Et ce vœu, qu'exprimait une bouche si pure;
Ce vœu, le plus touchant qu'ait dicté la nature,
Et qui retentira dans la postérité,
De ces hommes de sang fut à peine écouté.[1]

---

[1] Le 15 novembre 1792, M. Grégoire demanda « qu'on supprimât la
peine de mort; que ce reste de barbarie disparût de notre code; et que

La révolution, qu'ils ont ensanglantée,

Ne doit pas cependant être moins respectée.

Malheur à qui voudrait en profaner le nom!

Elle est fille du ciel : le temps et la raison

Ont amené le jour qu'elle devait éclore.

Nous, son peuple adoptif; nous, qui serions encore

Comme de vils troupeaux à la glèbe attachés,

Si sa main aux tyrans ne nous eût arrachés,

Ne cesserons-nous point, fils ingrats que nous sommes,

De l'accuser des torts et des fautes des hommes?

Ah! pour la détracter nos soins sont superflus :

Lorsque dans le tombeau nous serons descendus,

Et que nos passions, avec nous endormies,

D'un sommeil éternel resteront assoupies,

Alors la Vérité, debout sur nos débris,

Vengera sa mémoire, et dédaignant les cris

Qu'exhaleront en vain quelques voix féodales,

Tracera fièrement ses sublimes annales.

Louis **XVI** participât le premier au bienfait de la loi. » Envoyé depuis en Savoie, pour organiser ce pays sous le nom de département du Mont-Blanc, ce fut pendant son absence que se fit le procès de Louis **XVI**. Ainsi, non-seulement il ne vota point, mais même dans la lettre écrite de Chambéry, où ses collègues avaient inséré la demande de condamnation *à mort,* il exigea la radiation de ces deux mots, qui furent et qui demeurent effacés. L'original de cette lettre est déposé aux Archives, où l'on peut le consulter.

C'est là que seront peints dans toute leur splendeur,

Les jours de son triomphe et de notre grandeur.

Sans doute, avec regret on y verra paraître

Tous les crimes fameux que ces jours ont vus naître,

Et même des forfaits ignorés jusqu'ici :

Mais combien de vertus y brilleront aussi !

Les tiennes y tiendront une place immortelle.

C'est là que de ta vie une plume fidelle

Transmettra le récit à l'avenir charmé:

C'est là qu'on te verra, d'un beau zèle animé,

Tantôt, pour agrandir la sphère du génie,

Encourager l'essor des enfans d'Uranie;[1]

Tantôt, pour ranimer leurs travaux languissans,

Des bienfaits de l'état combler tous les savans;[2]

Tantôt du Vandalisme arrêter les ravages;[3]

Et, soigneux d'honorer les noms et les ouvrages

Des artistes divers qui, par d'heureux secrets,

Ont de notre industrie étendu les progrès,

---

[1] La création du Bureau des Longitudes est due à M. Grégoire.

[2] M. Grégoire a quelquefois bien mérité des sciences par ses rapports sur le vandalisme, et par la manière énergique avec laquelle il a plaidé la cause des savans, des gens de lettres et des artistes, sous le régime révolutionnaire. Il obtint pour eux cent mille écus d'encouragement et de récompense. ( *Biographie des hommes vivans.* )

[3] C'est encore à M. l'évêque de Blois que nous devons le Conservatoire des arts et métiers. C'est sur ses rapports que la Convention a formé cet établissement, ainsi que celui du Bureau des Longitudes.

Jeter les fondemens de ce Conservatoire

Qui, sauvant de l'oubli leurs chefs-d'œuvre et leur gloire,

De l'immortalité leur ouvre le chemin; [1]

Tantôt, de tes écrits enrichir l'art divin

Qu'ont chanté tour à tour Hésiode et Virgile; [2]

Et propager, enfin, cet art non moins utile

Dont Paulet et Lancastre ont accru les succès,

Qu'on a vu, quelque temps, sur l'empire français

Comme un soleil nouveau répandre la lumière,

Mais qui, rétrogradant bientôt dans sa carrière,

Et d'un peuple déchu partageant les destins,

Est tombé, comme lui, sous les Ignorantins. [3]


Tu ne prévoyais pas que tant de turpitude

De la science, un jour, déshonorât l'étude,

Lorsque, de nos lettrés accomplissant les vœux,

Tu fondais parmi nous ce corps majestueux

Qui n'admet dans son sein que l'élite choisie

Des plus rares talens qu'enfante la patrie,

Arbitre souverain de la saine raison,

---

[1] Voyez ses *Rapports sur l'Agriculture* : M. Grégoire était membre de la Société d'Agriculture de Paris.

[2] Voyez ses *Rapports sur l'Instruction publique.*

[3] Voyez ses *Rapports sur les Destructions opérées par le Vandalisme, et sur les moyens de les réprimer.*

Interprête du goût, oracle d'Apollon,

Fait pour nous éclairer, et qui devait en France

Empêcher le retour de l'antique ignorance!....

Un parti contre toi s'est enfin déclaré,

Et, des droits de ce corps se jouant à son gré,

Il t'a précipité du siége légitime[1]

Où t'avaient confirmé ta gloire et notre estime.

Ne pouvant sous ses pieds t'écraser à loisir,

Par ta chute, du moins, il voulait t'avilir.

Sa haine se flattait d'une vaine espérance.

Un ministre qui cède au cri de la vengeance

Peut sans doute abuser de son autorité:

Mais souvent, quand il frappe avec iniquité,

La disgrâce ou l'exil de ceux qu'il persécute

Sont pour eux un triomphe, et non pas une chute.

Il t'a donc condamné; mais, au premier appel,

Un tribunal suprême, un jury solennel,

Qui dédaigne des lois l'appareil juridique,

Et qu'on n'achète pas, l'opinion publique,

---

[1] M. Grégoire fut un des fondateurs de l'Institut. Ce corps, légalement constitué, fut soumis, en 1816, à une *épuration,* et une ordonnance en exclut l'évêque de Blois, et une vingtaine des plus illustres membres : exclusion tout-à-fait illusoire, puisque une ordonnance ne peut pas abolir une loi qui d'ailleurs avait reçu la sanction du public, seul juge compétent de la réputation et de la gloire, et qui peut seul ravir ou conférer la légitimité littéraire.

Malgré tes ennemis rejugeant le procès,
D'un ministre oppresseur a cassé les arrêts,
Et te restituant le titre qui t'honore,
Au trône académique elle te place encore,
Comme elle ose y placer David avec Carnot,
Et l'élégant Étienne, et le tragique Arnaut.

O Grégoire, permets qu'en dépit de l'envie,
J'achève de tracer ce tableau de ta vie,
Imparfait, il est vrai, mais qui n'est point flatté;
Et ne me compte pas, dans ta sévérité,
Parmi ces écrivains dont l'esprit fanatique
Outre l'apologie autant que la critique,
Et de la vérité s'écarte quelquefois :
Non, tout le genre humain te parle par ma voix.
Et quels droits n'as-tu pas à sa reconnaissance,
Toi, qui dans les grandeurs et la magnificence
Fus toujours attentif à soulager ses maux?
Toi, qui n'as entrepris tant de vastes travaux
Que pour éteindre enfin les guerres déplorables
Qui depuis si long-temps désolent tes semblables,
Et pour ressusciter les jours de l'âge d'or?
Hélas! de ces beaux jours ils jouiraient encor,
Si, moins influencés par des erreurs grossières,
Ils n'avaient oublié qu'ils sont égaux et frères,

Et si, loin de briser le lien fraternel,
Ils voulaient se prêter un appui mutuel.
Mais tel est des humains le funeste délire :
Au lieu de s'entr'aider, ils cherchent à se nuire,
S'oppriment sans raison et sans nécessité,
Et ne sont tolérans que dans l'adversité.
Que dis-je? divisés par de vaines chimères,
Ils s'oppriment encore au sein de leurs misères,
Et pour des préjugés de secte ou de couleur,
Lèvent l'un contre l'autre un bras persécuteur.
C'est ainsi qu'on a vu les chrétiens d'Ibérie
Proscrire des Hébreux, pour cause d'hérésie,
Les vouer à la mort, et, saintement cruels,
Prétendre honorer Dieu par le sang des mortels.
Pourquoi donc, abusés par de fausses maximes,
En pieuses vertus érigeaient-ils leurs crimes?
Pourquoi tant de démence et tant de cruauté?
C'est qu'ils n'avaient jamais connu la liberté.
Partout où de son nom l'influence pénètre,
L'homme au joug de l'erreur cesse de se soumettre,
De ses vieux préjugés dépouille le levain,
Et devient plus instruit, plus doux et plus humain :
Tandis que l'habitant des sauvages contrées
Que son flambeau divin n'a jamais éclairées,
Reste dans l'ignorance et la férocité.

Ah ! tu n'attendis pas que cette liberté

Des révolutions eût levé la bannière,

Pour signaler au monde un régime arbitraire,

Des enfans d'Israël revendiquer les droits,

Et prouver hautement, aux peuples comme aux rois,

Que des principes sûrs, fondés sur la justice,

Peuvent seuls des états soutenir l'édifice,

Et non pas des bûchers, des fers, ou des cachots. [1]

Cependant les fripons, les méchans et les sots,

Qui s'engraissent toujours des misères publiques,

Frémirent de colère, aux accens énergiques

D'un auteur qui, voulant avec sincérité

Assurer le bonheur de la société,

Aspirait à fonder, malgré leur résistance,

Les lois de la justice et de la tolérance :

Tu vis sans t'émouvoir leur courroux impuissant;

Et tandis que leur haine allait toujours croissant,

Ardent à soutenir une cause si sainte,

Contre tous les abus tu t'élevais sans crainte,

Et te laissant guider par ton cœur généreux,

---

[1] Voyez l'*Essai sur la Régénération physique, morale et politique des Juifs*, ouvrage qui fut couronné par la Société royale des Sciences et des Arts de Metz, le 23 août 1788, et qui le fit nommer membre de cette même société.

Tu consacrais ta plume à tous les malheureux.

Avec quel dévouement ta pieuse éloquence

Des ilotes d'Irlande embrassait la défense,

Contre ce cabinet, marchand de sang humain,

Qui, de tout l'univers ennemi clandestin,

De forfaits en forfaits marche à la tyrannie,

Et dont quelques états ont encor la manie

De vanter la sagesse et d'emprunter les lois ! [1]

Combien l'Europe entière, attentive à ta voix,

Admirait en secret ton zèle évangélique,

Lorsque tu retraçais les malheurs de l'Afrique,

Lorsque tu nous peignais ses tristes habitans,

Entassés sans pitié dans des tombeaux flottans,

Et, comme des forçats, chargés d'indignes chaînes,

Exilés pour toujours sur des terres lointaines !

Qui n'eût plaint avec toi ce Nègre infortuné,

Qui, sous un joug de fer à servir condamné,

Gémit, en implorant sa liberté ravie,

Sous le poids des douleurs qui consument sa vie,

Et, d'un bras qu'ont usé le travail ou les ans,

Fatigue sans relâche et tourmente en tout sens

---

[1] On sait avec quelle barbarie le gouvernement anglais traite ses sujets d'Irlande, et combien de fois M. Grégoire a invoqué pour eux les droits naturels et inaliénables de l'homme, dont ils sont entièrement privés sous ce gouvernement, que quelques-uns nous présentent comme le plus beau système de législation qu'ait produit l'esprit humain.

Le sol qui doit fournir à son avide maître

Un suc, à nos besoins inutile peut-être,

Dont le germe fatal ne s'est développé

Qu'arrosé de sueurs et de larmes trempé![1]


Un seul homme, naguère, au sein de ta patrie,

Sur les débris des lois fondait sa tyrannie.

Tout pliait devant lui; despote redouté,

Il voulait, abusant de sa prospérité,

Agrandir chaque jour ses conquêtes factices :

Mais tu ne craignis pas, lorsque dans ses caprices

Il opprimait les rois et les peuples domptés,

De lutter constamment contre ses volontés,

Et de lui faire entendre un langage sévère.

Aussi, quand le suffrage et le choix de l'Isère

T'élevaient, triomphant, au rang de ses élus,

C'était pour honorer tes stoïques vertus,

Ta justice inflexible, et ton mâle courage;

---

[1] Tout le monde connaît les services que M. l'évêque de Blois a rendus aux Nègres, ses écrits, ses tentatives en leur faveur, sous tous les gouvernemens qui se sont succédé en France, depuis le commencement de notre révolution. La vie du nouveau Las-Casas a été trop utile à l'humanité pour que l'on puisse en ignorer les principaux détails. Voyez au reste ses deux ouvrages intitulés : *De la Traite et de l'Esclavage des Noirs et des Blancs, par un ami des hommes de toutes les couleurs;* et *de la Littérature des Nègres.*

Et pour récompenser, par ce public hommage,
Non celui qui jadis, près du trône placé,
A briguer la faveur fut toujours empressé,
Mais celui qui brava le maître de la France,
Et qui, malgré l'effroi qu'inspirait sa puissance,
Sénateur patriote et prélat citoyen,
Fut de nos libertés le plus ferme soutien. [1]

C'est depuis, que l'envie, à ta perte animée,
Déchaîne contre toi sa langue envenimée.
Sa fureur ne s'est pas relâchée un moment.
Mais pourquoi t'étonner de tant d'acharnement?
Tu le sais, de tout temps les héros et les sages
Ont excité l'envie et subi ses outrages;
La Divinité même à ses blasphémateurs.
Méprise donc les tiens, leurs discours imposteurs,
Leurs atroces pamphlets, et les bruits qu'ils publient.
Et qui sont, après tout, ceux qui te calomnient?
D'impudens hobereaux, dont le zèle affecté
Nous parle à tout moment de légitimité,

[1] M. Grégoire a toujours fait partie de cette minorité qui, dans le Sénat, fit rougir ce corps de sa lâcheté, et résista, souvent avec succès, au despotisme impérial. Il concourut de toute ses forces à la déchéance de Bonaparte, en avril 1814 ; en juin 1815, il fut le premier qui s'inscrivit négativement sur le registre de l'Institut, contre l'acte additionnel.

Ne se souvenant pas qu'on les a vus naguères,
D'un soldat parvenu ministres mercenaires,
Montrer l'art de ramper à tous ses partisans,
Et dans son antichambre, assidus courtisans,
Ravaler leur noblesse et leurs noms historiques;
D'autres qui, ravisseurs de nos droits politiques,
Prétendent qu'oubliant leurs desseins et leur but,
La France entre leurs mains remette son salut,
Après qu'ils l'ont trahie, et lorsque leur épée
De son sang le plus pur est encore trempée;
Des prêtres, de ce sang devenus héritiers;
De lâches écrivains et de plats gazetiers,
Qui, dépourvus de goût, de talent, de génie,
Trafiquent de bassesse, et vivent d'infamie,
Et de leur style impur mendiant le loyer,
Se vendent tout entiers à qui veut les payer.
Laisse-les distiller le fiel qui les dévore.
En vain pour t'attaquer ils se liguent encore :
Crois-tu que du combat tranquilles spectateurs,
Nous n'étoufferons pas leurs sinistres clameurs?
Penses-tu que, tardifs à laver tes injures,
Nous nous reposerons sur les races futures
Du soin de rendre gloire à ton nom outragé?
Non, ce n'est que par nous qu'il doit être vengé.
Déjà, dans ces débats que l'univers contemple,

Le peuple d'Haïti nous a donné l'exemple.

Ce peuple indépendant, et libre désormais,

Ne pouvant, comme nous, pour prix de tes bienfaits,

De ses nobles destins te déclarer l'arbitre,

Et, de législateur te décernant le titre,

T'entendre avec orgueil, au temple de ses lois,

Lui tracer tour à tour ses devoirs et ses droits,

Il a voulu du moins, reconnaissant et·juste,

Qu'une ombre de toi-même ornât ce temple auguste,

Et que, dans son enceinte, un marbre glorieux

Conservât ton image, à ses derniers neveux [1].

---

[1] Extrait du journal officiel d'Haïti, le *Télégraphe*, du 19 décembre 1819, N° LI.—Avis aux Haïtiens.—Un de nos compatriotes, M. Séjour Legros, informé qu'il existait un beau portrait en pied de M. l'évêque Grégoire, parfaitement ressemblant, nous propose une souscription montant à six mille francs, pour l'acquisition d'une copie de ce précieux tableau, qu'il se charge de faire exécuter par un peintre célèbre.

Cette idée, que tout Haïtien approuvera, a été vivement accueillie par Son Exc. le Président d'Haïti, qui a voulu faire lui-même les frais de la souscription, afin de faire hommage de ce portrait à une des Chambres de notre Législature : cet acte d'un généreux élan nous laisse la douce satisfaction de nous imposer à nous-mêmes une autre souscription semblable. Le second tableau servira à orner une des salles du Palais National ou de l'autre Chambre du Corps-Législatif.

M. l'évêque Grégoire est un de ces courageux philanthropes qui ont constamment plaidé notre cause, et dont les écrits ont si puissamment contribué à son triomphe : chacun de nous saura donc bon gré à notre compatriote M. Legros, de nous avoir procuré le moyen de donner à cet

Ainsi, des citoyens qui servaient bien sa cause,

Rome, après leur trépas, faisait l'apothéose :

Au sein du Capitole en triomphe portés,

Ils étaient invoqués dans ses solennités;

De ses pieux tributs recevaient les prémices,

La couronne, les fleurs, l'encens des sacrifices;

Et des dieux de l'Olympe occupant les autels,

Partageaient avec eux le culte des mortels.


homme de bien une marque de notre estime et de notre reconnaissance.

Il suffit d'indiquer aux Haïtiens une action louable, pour que l'on soit en droit de compter sur leur zèle.

Puissent les amis de l'humanité trouver, dans ce premier hommage rendu à l'un des plus fervens apôtres de la philanthropie, une faible marque de la gratitude de la nation haïtienne.

Port-au-Prince, le 14 novembre 1819, an 16 de l'Indépendance.

*Le secrétaire-général près Son Exc. le président d'Haïti,*

B. INGINAC.

FIN.

www.ingramcontent.com/pod-product-compliance
Lightning Source LLC
LaVergne TN
LVHW021749030726
842523LV00003B/984